ESCAPE ROOM

DO IT YOURSELF

Agradecimientos
Este libro no existiría sin la ayuda de todo el equipo de Cocolisto y en especial de Marta, nuestra Cocolista, con quien cada día superamos nuevos retos. Nadie se podía imaginar cuando empezamos que utilizar el coco sería tan excitante.

www.cocolisto.com

Lunwerg es un sello editorial de Editorial Planeta, S. A.
Avenida Diagonal, 662-664 - 08034 Barcelona
Calle Josefa Valcárcel, 42 - 28027 Madrid
lunwerg@lunwerg.com
www.lunwerg.com
www.facebook.com/lunwerg
http://twitter.com/Lunwergfoto

Grafismo: © Xevi Victori
Fotografías: © Fernando Gregory Milan / 123RF, © Orcea David / 123RF, © liligraphie / 123RF, © Alexander Atkishkin / 123RF, © Bjoern Wylezich / 123RF, © deniskot / 123RF, © scanrail / 123RF, © Iryna Denysova / 123RF, © luchschen / 123RF, © David Izquierdo Roger / 123RF, © dumrongsak / 123RF, © Igor Zakharevich / 123RF, © David Franklin / 123RF, © Vladislav Ivantsov / 123RF, © Aroonsak Thiranuth / 123RF, © Romolo Tavani / 123RF, © karandaev / 123RF, © kornienko / 123RF, © anelina / 123RF, © annete / 123RF, © Alexei Novikov / 123RF, © Ruslan Romanchik / 123RF, © gekaskr / 123RF, © Razvan Ionut Dragomirescu / 123RF, © Carlos Caetano / 123RF, © Ganna Sorokina / 123RF, © arcady31 / 123RF, © swavo / 123RF, © Oleg Beresnev / 123RF, © marina113 / 123RF, © Evgeniy Zakharov / 123RF, © Oleksandr Prykhodko / 123RF, © Phanthit Malisuwan / 123RF, © Antonio Balaguer Soler / 123RF, © maximkabb / 123RF, © tomas1111 / 123RF, © Jakkapan Jabjainai / 123RF, © serezniy / 123RF, © -art-siberia- / iStock
Diseño de la cubierta: Run Design

Primera edición: octubre de 2018
ISBN: 978-84-16890-88-0
Depósito legal: B-16.036-2018
Imprime: Liberdúplex

Impreso en España

El papel utilizado para la impresión de este libro es cien por cien libre de cloro y está calificado como papel ecológico.

ESCAPE ROOM

DO IT YOURSELF

4 juegos de escape para montar en casa

Ivan Tapia

LUNWERG EDITORES

LEER ANTES DE USAR

Escape room. Do it yourself incluye todas las piezas necesarias para disfrutar de cuatro juegos de escape donde y cuando queráis.

¡Este libro lo vais a tener que cortar!
Sí, como lo leéis. Para darle mayor dinamismo al juego, hay pruebas que requieren que cortéis algunas piezas, y no solo eso: también tendréis que tomar notas en el libro o rayarlo. Atreveos, la experiencia mejorará muchísimo.

¿Cuántas personas podéis jugar?
El número de jugadores recomendado es de dos a cinco, más el *game master* si decidís tenerlo. Una sola persona también puede jugar, pero seguramente le resultará demasiado complicado.

¿Hay un máximo de tiempo para cada partida?
No. El tiempo recomendado para «Maleta bomba» y «Virus en el laboratorio» es de un máximo de sesenta minutos, pero no pasa nada si la partida se alarga. En el caso de «El libro maldito» y «La casa encantada», es probable que necesitéis una hora y media e incluso más.

Contenidos
Escape room. Do it yourself está dividido en los apartados siguientes:

- **Zona de juegos**, con cuatro experiencias de *escape room*:
  - Maleta bomba (nivel medio)
  - Virus en el laboratorio (nivel medio)

– El libro maldito (nivel alto)
– La casa encantada (nivel alto)

Al final de cada juego, encontraréis una **zona secreta** con pistas y soluciones. *¡No la abráis a no ser que necesitéis pistas! También puede abrirla el* game master.

- **Zona encriptada.** Aquí deberéis comprobar si vuestras deducciones son correctas; es el candado del libro. *¡No la abráis a no ser que hayáis resuelto un enigma! También puede abrirla el* game master. *Atención: las páginas encriptadas son páginas especiales que no siguen una numeración consecutiva.*
- **Zona de contenidos.** Aquí os dirigirán los enigmas una vez resueltos y comprobados con la zona encriptada, para conseguir nuevo material para los juegos. *¡No la abráis si no os lo indica la página encriptada! También puede abrirla el* game master. *Atención: las páginas de contenidos son páginas especiales que no siguen una numeración consecutiva.*

¿Cómo jugar?
Podéis jugar de dos formas:

- Sin *game master*. No es necesario preparar nada: podéis jugar todos; eso sí, sin desplazaros del lugar donde está el libro.
- Con *game master*. Uno de vosotros se encargará de preparar la partida, escondiendo material por toda la casa que el resto de los jugadores deberéis buscar. Esto conferirá mayor realismo a la experiencia, pero el *game master* tendrá información privilegiada y por ello deberá inhibirse durante el juego.

Cómo preparar una partida sin game master

Si todos queréis jugar la partida, no necesitaréis ningún *game master*. Lo único que deberéis hacer es escoger la experiencia de la zona de juegos que más os guste, cortar las seis páginas de objetos por la línea de puntos y colocarlas encima de la mesa donde tendrá lugar la partida. Leed la descripción del juego y empezad a jugar. ¡Así de fácil!

Cada experiencia está compuesta de ocho páginas:

- Una portada. No se utiliza durante el juego.
- Una página de descripción. Ayuda a contextualizar la partida. Es recomendable leerla antes de empezar, pero no hay elementos de juego.
- Seis páginas de objetos. En ellas está el juego propiamente dicho.

Cada vez que resolváis un enigma obtendréis un número de tres cifras (o de cuatro si la primera es un cero). Para saber si este es correcto, deberéis comprobar si se encuentra en la zona encriptada.

Allí os indicará cómo conseguir nuevo material para el juego. Conseguidlo y continuad jugando hasta lograr vuestro objetivo.

En el caso de que os quedéis atascados, podéis ir a la zona secreta que se halla al final de cada juego y leer alguna pista. No olvidéis que vosotros reguláis la dificultad de la experiencia y que acudir a las pistas no es ningún fracaso.

Cómo preparar una partida con game master

Si queréis disfrutar de una partida con mayor dinamismo y esconder material por el entorno, necesitaréis un *game master*. Este deberá preparar la partida sin que lo vean los demás jugadores. *Atención: el* game master *dispondrá de información privilegiada, por lo que deberá inhibirse durante el juego.*

El *game master* escogerá una experiencia de la zona de juegos.

Cada experiencia está compuesta de ocho páginas:

- Una portada. No se utiliza durante el juego.
- Una página de descripción. Ayuda a contextualizar la partida. Es recomendable leerla antes de empezar, pero no hay elementos de juego.
- Seis páginas de objetos. En ellas está el juego propiamente dicho.

El *game master* cortará las seis páginas de juego por la línea de puntos y las colocará encima de la mesa donde tendrá lugar la partida.

A continuación, esconderá material del libro por el entorno. Para hacerlo, seguirá los siguientes pasos:

- Se dirigirá a la página de soluciones, en la que encontrará la respuesta a todos los enigmas.
- Irá a la zona encriptada y buscará cada una de las soluciones. Allí descubrirá dónde se encuentra el material para el juego.
- Irá a las páginas que indican las diferentes páginas encriptadas para conseguir dicho material. Una vez que lo tenga, deberá cortar cada página y esconderla donde quiera: en la nevera, debajo de la cama, detrás del televisor, etc.
- Tachará las páginas de contenido de las páginas encriptadas y en su lugar escribirá dónde ha ocultado el material. Ejemplo:

Y listo: el *game master* leerá la descripción del juego y el resto del grupo ya podrá empezar a jugar.

En el caso de que el grupo se quede atascado, el *game master* puede ir a la zona secreta que se halla al final de cada juego y leer alguna pista.

¡Eso es todo! *Escape room. Do it yourself* es un libro para pasar un buen rato con la familia, los amigos o los compañeros de trabajo. Coged tijeras, lápiz, papel y… ¡¡¡a jugar!!!

ZONA DE JUEGOS

Maleta bomba
Virus en el laboratorio
El libro maldito
La casa encantada

MALETA
BOMBA

CONTEXTO

Sois un equipo de élite de la policía dedicado a resolver los casos más difíciles. Hoy habéis recibido en la comisaría un paquete que no pinta nada bien.

MATERIALES

El paquete contiene seis extrañas maletas y una de ellas hace tic-tac. ¡Es una bomba! Pero no sabéis cómo abrirla sin que explote.

Según una de las notas del remitente, solo su mujer, en paradero desconocido, será capaz de desactivarla.

OBJETIVO

Debéis encontrar a su esposa o bien abrir la maleta que contiene la bomba y desactivarla antes de que estalle. Vuestros superiores os informan de que la mujer está muerta y el remitente, loco, así que solo os queda una opción...

MALETA BOMBA

Dificultad: media

Fue uno de los momentos más importantes de mi vida. Aquel día te pedí matrimonio en el bosque, cerca de la casita que tu familia tiene en Atenas.

¿Recuerdas a aquellos tres granujillas [redacted]? Siempre tenían la clave para hacernos reír.

Aún conservo una foto de aquel día. Pepa es la que cruza los brazos debajo de Ana. El primer niño en la misma fila que esta, a su izquierda, es Pedro. Justo antes de llegar a él está David, y detrás de este, Juan. Como siempre, a la derecha de Pepa se colocó Rosa. De los mayores, el de la camiseta de rayas es Fermín, y detrás de este se encuentra Fina, con Miguel a un lado y Marta a su izquierda.

E

Si la bomba tiene 2 o más **E**, no utilices la clave de desactivación 439.

¿Recuerdas el lío que montó el botones del hotel de París? No había manera de abrir la puerta de la habitación.

Nunca en mi vida había visto unas llaves tan raras: eran necesarias dos de ellas para abrir una cerradura.

Aún resuena tu risa en mi memoria viéndome intentar abrir la puerta sin éxito.

Si el código de encriptado es mayor que 22, no utilices la clave 523. Por el contrario, si es menor, no utilices la 365.

LUNES

LUNES
MONDAI LUNDI
MONTAG SEGUNDA
DILLUNS

HORARIOS

09
10 ~~clase de música~~
11
12 ~~clase de música~~
14
15
16
17
18

MARTES

MARTES
TUESDAY MARDI
DIENSTAG TERÇA
DIMARTS

~~clase de canto~~

~~clase de canto~~

MIÉRCOLES

MIÉRCOLES
WEDNESDAY MERCREDI
MITTWOCH QUARTA
DIMECRES

~~clase de música~~

Lena, amada mía, has desaparecido y ellos no hacen nada por encontrarte. Tal vez con un poco de motivación se lo tomen más en serio.

Les he mandado seis maletas y una de ellas contiene una bomba que solo tú serás capaz de desactivar. La única manera de hacerlo es seguir el camino de recuerdos por las diferentes ciudades que visitamos en nuestros viajes.

Estoy dispuesto a hacer lo que haga falta para recuperarte, mi amor.

P. S.: Recuerda: todo empezó en Londres.

Todas las mañanas tomábamos café en aquella plaza de Roma mientras leíamos el periódico.

Fueron muchas las horas que pasamos en aquella terraza mirándonos, hablando y jugando, ¿recuerdas?

Nos encantaba montar puzles. Con cada ficha que colocábamos estábamos más cerca el uno del otro.

Si el código de encriptado es impar, no utilices la clave 432. Por el contrario, si es par, no utilices la 892.

En Berlín vivimos años felices. Allí tú iniciaste tu carrera artística con alguna clase todos los días: dibujo, música o canto. Días superpuestos en una vida continua que protegían la llave de nuestro amor.

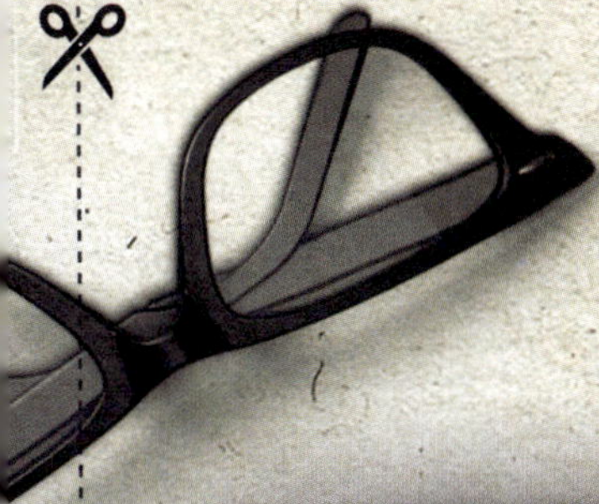

Si la bomba tiene el símbolo #, no utilices la clave 375. Por el contrario, si no lo tiene, no utilices la 356.

Viajar, viajar y viajar, ese era nuestro único deseo. Cuando llegamos a Viena, ya era largo nuestro camino.

Cuando colocas las piezas en el orden correcto, puedes entrever el pasado que nos ha traído hasta aquí.

Si el número de referencia de la bomba suma 9, no utilices la clave de desactivación 756.

ZONA SECRETA DE LA MALETA BOMBA

Aquí encontraréis pistas
y soluciones de los enigmas del juego.

PISTAS

Maleta de Londres

1. En la maleta de Londres hay una etiqueta que contiene unos recuadros iguales que los que conforman los números del reloj digital de la misma página. Relacionadlos.
2. Debéis añadir los recuadros que aparecen en la etiqueta entre los recuadros del reloj digital. Las cruces que aparecen en la etiqueta indican que debéis eliminar un recuadro en el reloj digital. Al hacerlo veréis que los números cambian.
3. Los dos puntos que aparecen en la etiqueta de la maleta también aparecen en el reloj digital: esto ayuda a posicionar los recuadros. Con los cambios en el reloj digital aparecen otros números. Por ejemplo, el 6 ahora es un 0.

Maleta de Atenas

1. Junto a la maleta de Atenas hay una carta que describe la foto en blanco y negro que habéis encontrado dentro de la maleta de Londres.
2. Para poder encontrar el código, debéis deducir quiénes son Juan, Rosa y Miguel y qué número está relacionado con cada uno de ellos. Si los encontráis, debéis ponerlos en este orden.
3. Juan es el que está junto al número 6, Rosa es la que lleva el lazo y Miguel es el que se encuentra en la parte superior izquierda de la foto.

Maleta de París

1. Para abrir la maleta de París, debéis reunir cuatro llaves que encontraréis al lado o dentro de las maletas. Cada una de las llaves tiene un llavero con un número.

2. Uniendo dos llaves y sumando los números de los llaveros podréis formar los números de la clave: 66, 88 y 33.
3. Para saber qué número esconde cada par de números de la clave, debéis unir las formas de las dos llaves. Si dibujáis las formas de la punta de las dos llaves, encontraréis el código.

Maleta de Berlín

1. La clave de Berlín contiene tres cruces de tres colores. Entre todos los objetos hay cuatro calendarios que tienen los mismos colores. Encontradlos.
2. Unid todos los calendarios en uno solo.
3. La posición de las clases de canto en el calendario esconde un número; lo mismo pasa con las de dibujo y música.

Maleta de Roma

1. Para abrir la maleta de Roma, debéis recopilar siete piezas que os permitirán montar un puzle encima del periódico.
2. Debéis colocar las piezas que contienen la letra O y E encima de estas mismas letras en el periódico. Todas las piezas deben quedar encajadas encima del periódico.
3. Debajo de los círculos de las piezas se esconden los números del código. El orden de los números lo encontraréis en las figuras de la clave de Roma.

Maleta de Viena

1. Para abrir la maleta de Viena, debéis recopilar todas las maletas y colocarlas como indica la clave.
2. Las maletas tienen una etiqueta. Si las colocáis en el orden indicado, veréis que las etiquetas de las maletas representan los agujeros de los números; el resto de la maleta forma el número.
3. Las dos maletas de la izquierda forman el primer número; las dos del centro, el segundo, y las dos de la derecha, el tercero.

Código de encriptado

1. Para resolver el código de encriptado, debéis sustituir las letras por números. Para encontrar las letras, debéis relacionar las cartas que acompañan a las maletas con la carta que contiene acertijos.

2. Las cartas contienen unas líneas oscuras que, al juntarlas con las líneas oscuras de la carta de los acertijos, forman las letras del código de encriptado. Cada una de las letras coincide con un acertijo. Resolvedlos.
3. El valor que tienen las letras es el siguiente: la E vale 3, la A vale 8, la C vale 9 y la H vale 0.

Código de desactivación

1. Una vez que hayáis obtenido el código de encriptado (si aún no lo tenéis, debéis resolverlo), podréis deducir cuál es el código de desactivación usando todas las notas que hacen referencia a la clave de desactivación.
2. En total hay siete notas que debéis tener en cuenta.
3. Debéis descartar todas las claves excepto una:

- No debéis usar la clave 523 porque el código de encriptado es mayor que 22.
- No debéis usar la clave 892 porque el código de encriptado es par.
- No debéis usar la clave 439 porque en la bomba hay tres E.
- No debéis usar la clave 756 porque el número de referencia de la bomba suma 9.
- No debéis usar la clave 356 porque la bomba no contiene el símbolo #.
- No debéis usar la clave 193 porque la bomba tiene un cable azul.
- Debéis usar la clave 675 porque el código de encriptado no tiene ningún número repetido.

SOLUCIONES

Maleta de Londres: el código es 0539.
Maleta de Atenas: el código es 392.
Maleta de París: el código es 955.
Maleta de Berlín: el código es 195.
Maleta de Roma: el código es 644.
Maleta de Viena: el código es 238.
Código de encriptado: el código es 216.
Código de desactivación: la clave de desactivación es la 675, que equivale al código 498.

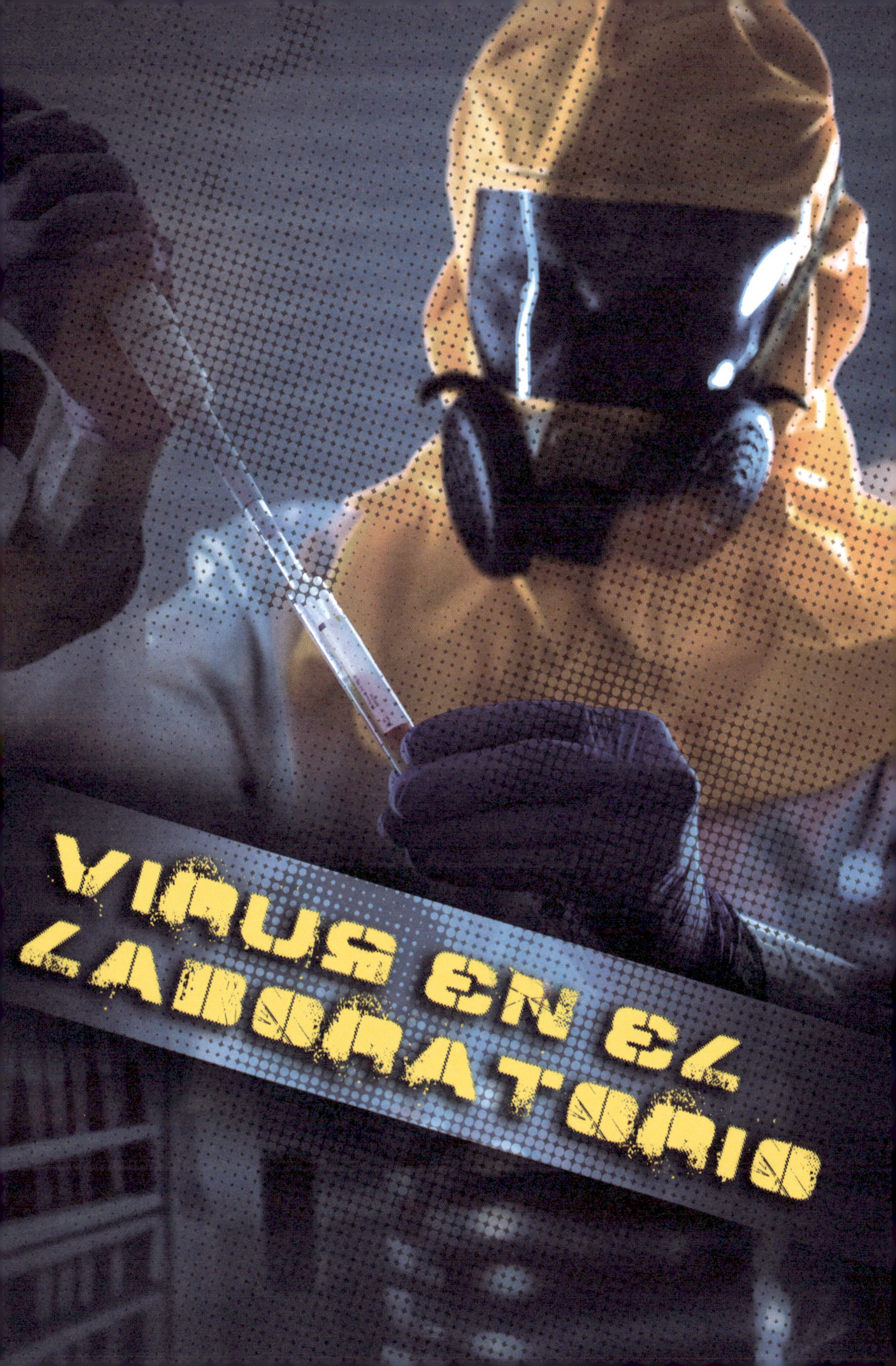
VIRUS EN EL
LABORATORIO

VIRUS EN EL LABORATORIO

Dificultad: media

CONTEXTO

Sois un equipo de investigación de alto secreto. Vuestra directora, la doctora Alberti, ha desaparecido. Cuando entráis en su despacho, lo encontráis todo revuelto. La tableta de la doctora está iluminada y contiene un inquietante mensaje: el virus que estabais investigando ha escapado.

MATERIALES

Seis cajas fuertes y material de laboratorio diseminados por el despacho de la doctora Alberti, donde al entrar habéis contraído el virus.

OBJETIVO

En algunas de las cajas fuertes se encuentran los antídotos. Debéis localizarlos y tomarlos en el orden correcto. De lo contrario, moriréis.

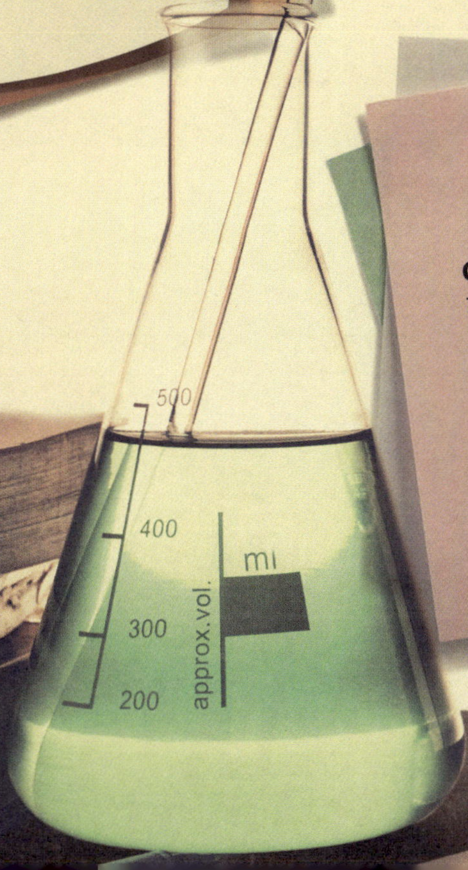

5
1
8
4
3
6
ADNANDDNA

VIRUS
15 15 15 55 35 20

SI ESTÁIS LEYENDO ESTO ES QUE ALGO GRAVÍSIMO HA OCURRIDO: EL VIRUS HA ESCAPADO. AUN ASÍ, PREVIENDO UNA SITUACIÓN DE EMERGENCIA COMO ESTA, HE DEJADO LOS ANTÍDOTOS EN LAS CAJAS FUERTES.
ENCONTRAD LOS TRES BOTELLINES Y TOMADLOS EN EL ORDEN CORRECTO. PARA HACERLO, LO PRIMERO QUE DEBÉIS CONSEGUIR ES ABRIR LA CAJA DE LOS DOCUMENTOS SECRETOS.
60:00
DOCUMENTOS SECRETOS
8

CLAVE CRISTAL
Mirad las cosas desde diferentes lugares y puntos de vista.
4
N Es T Re S
H Es Se I S
O Es Ce R O
I Es C In Co
B Es Si E Te
F Es O C Ho
C Es Se I S
K Es C In Co
P Es T Re S
CRISTAL
0

3
7
9
6
2
REACTIVOS

3
N O I
K H B
P C F
REGISTRO CD
BORO 3.3
0

ZONA SECRETA DEL VIRUS EN EL LABORATORIO

Aquí encontraréis pistas
y soluciones de los enigmas del juego.

PISTAS

Caja de los documentos secretos

1. En la caja de los documentos secretos hay unos botones de colores que se repiten en los botones del teléfono que hay encima de la caja de los virus. Encontradlos.
2. Debéis sustituir cada color por el valor numérico relacionado. Estos números también se encuentran en la cerradura de la caja de los documentos secretos. Si observáis el teléfono, veréis que los agujeros para marcar están igual posicionados que los de la cerradura de la caja. Relacionadlos.
3. Los números de los colores dan el orden. Debéis sustituirlos por los números de dentro de los agujeros del teléfono, comparando las posiciones entre la caja fuerte y el teléfono.

Caja del cristal

1. Para abrir la caja del cristal, debéis observar los círculos y puntas que hay dibujados en la tableta. Estas formas tienen algo en común con los botes de cristal. Encontradlos.
2. Si imagináis los botes de cristal vistos desde arriba, veréis que coinciden con las formas de la tableta. Algunos objetos tienen la abertura más pequeña que la base y otros tienen una punta en la abertura.
3. Debéis ordenar los botes de cristal según las formas que hay en la tableta y anotar los números que están relacionados con estos para obtener el código.

Caja de los reactivos

1. Para abrir la caja de los reactivos, debéis relacionar los colores de los tubos de reactivos con los símbolos de reactivos.
2. Los símbolos dan el orden y los tubos de reactivos esconden el código.
3. Cada tubo de reactivo tiene partes más oscuras y partes más claras. Si los colocáis en el orden correcto, las partes oscuras forman los números del código.

Caja de registro CD

1. Para abrir la caja de registro CD, debéis encontrar tres cajas de CD y observarlas con perspectiva para poder ver lo que esconden.
2. En cada uno de los CD hay un número. Si os colocáis lejos del objeto podréis verlo. Para saber el orden, debéis unir las letras que los acompañan.
3. Las letras forman las palabras *CLAVE CD.*

Caja ADNANDDNA

1. Entre los objetos de las cajas hay tres que representan la estructura del ADN. Uno lleva el título ADN; otro, AND, y el tercero, DNA. Encontradlos.
2. En cada una de las estructuras del ADN falta una de las barras. Entre los objetos hay tres que comparten las mismas formas que las de ADN, AND y DNA. Buscadlos y comparadlos.
3. Los botes de pastillas (*pills*) tienen el mismo número de barras que las estructuras del ADN. Hay tres botes de pastillas que coinciden exactamente, y en el lugar de la barra que falta hay un número. El orden de los números para formar el código está indicado en el nombre de la caja.

Caja de los virus

1. Para abrir la caja de los virus, debéis usar las tres pipetas que tienen números y relacionarlas con otra pipeta que va acompañada de una cuadrícula negra. Recortad el recuadro.
2. Cada una de las pipetas tiene unos números que indican las medidas por donde debéis doblar el papel recortado. En la cuadrícula que hay debajo de la pipeta aparecerán los números que forman el código.
3. Las pipetas indican el orden de los números del código.

Caja metálica

1. En la caja metálica se ve el dibujo de un bote científico. Para abrirla, debéis encontrar todos los objetos que tienen este bote y usarlos en el orden indicado.
2. En primer lugar, debéis doblar la libreta de THE CODE y THE ORDER. Las cruces indican el código y los números indican el orden. En segundo lugar, debéis encontrar unos recuadros iguales que contienen letras.
3. Observad la tabla periódica. En ella se esconde un mensaje secreto. Leed atentamente de izquierda a derecha.
4. Sustituid las letras por el valor numérico indicado en la tabla periódica. Podréis obtener el código si lo ordenáis correctamente.

Antídotos

1. Hay tres antídotos que indican una operación con letras. Debéis encontrar el valor de cada una de estas letras.
2. Entre los objetos hay notas que contienen acertijos. Debéis resolverlos y sustituir las letras por el número correspondiente.
3. La W se encuentra dentro de la caja metálica. Si aún no la habéis abierto, debéis hacerlo.
4. La R vale 7, la U vale 7, la Y vale 0, la Q vale 2, la Z vale 9, la W vale 0 (la caja metálica está vacía) y la X vale 6. Ahora debéis resolver las fórmulas de cada uno de los antídotos y encontrar el orden.
5. El orden del código lo aportan los símbolos que hay encima de cada antídoto. Entre los objetos hay unas muestras de sangre con los mismos símbolos; estas indican el orden.

SOLUCIONES

Caja de los documentos secretos: el código es 269.
Caja del cristal: el código es 863.
Caja de los reactivos: el código es 503.
Caja de registro CD: el código es 873.
Caja ADNANDDNA: el código es 973.
Caja de los virus: el código es 582.
Caja metálica: el código es 637.
Antídotos: el código es 452.

EL LIBRO
MALDITO

CONTEXTO

Sois un equipo de arqueólogos y estáis revisando el despacho del profesor Menéndez, prontamente fallecido. Entre sus objetos uno de vosotros ha encontrado una nota que le llama la atención. La lee sin ser consciente del mal que está a punto de desencadenar: «Si leéis esta nota, moriréis».

MATERIALES

Seis libros cerrados con combinación y materiales varios esparcidos por el despacho del profesor.

A través de estos, afortunadamente, existe la posibilidad de encontrar el conjuro que rompa la maldición con que amenaza la nota.

OBJETIVO

Debéis encontrar el conjuro que esconde uno de los libros y leerlo en voz alta. Es necesario que os pongáis manos a la obra inmediatamente, ¡no hay tiempo que perder!

EL LIBRO MALDITO
Dificultad: alta

X L C D M
10 50 100 500 1000
A
ÁLBUM DE FAMILIA: LA CLAVE LA TIENEN LAS MUJERES

LIBRO DE MÚSICA

Realizad el movimiento de apertura.
LIBRO DE AJEDREZ
L
H

T
El más caliente. El más rápido
LIBRO DE SANGRE

D
E
LIBRO DE LIBROS
O

C6 F6 F6 F3 F3 C3
B4 D6 D6 F4
F1 F8
El más grande
ARQUITECTURA
Solo los pájaros
podrán verlo
V

ZONA SECRETA DEL LIBRO MALDITO

Aquí encontraréis pistas
y soluciones de los enigmas del juego.

PISTAS

Libro de ajedrez

1. Entre los libros hay un tablero de ajedrez y dos notas en las que también hay un tablero dibujado. Relacionad los tres tableros para encontrar el código. Debéis mover las piezas de ajedrez.
2. Las torres se mueven en línea recta y la reina en diagonal, siguiendo las indicaciones de posición en la cuadrícula. Hay uno, dos o tres pasos que se deben realizar con cada pieza, los cuales están indicados con números y letras en uno de los tableros.
3. Una vez que mováis las piezas como se indica, cada una de ellas formará una letra que se debe traducir a números romanos.
4. El orden del código está indicado en el libro: las tres piezas de ajedrez están colocadas en orden (torre blanca, torre negra y reina blanca).

Álbum de familia

1. Para abrir el álbum de familia, debéis recopilar las fotos de hombres y mujeres que hay entre los libros. Buscad todas las fotos y colocadlas según las indicaciones de la carta titulada «Una familia realmente curiosa».
2. La parte negra que hay detrás de las fotos forma un número. Los números de las fotos de las mujeres son los que forman el código, ya que son estas las que tienen la clave.
3. Según explica la carta, la mujer que mira hacia delante va primera; la que mira a la derecha, segunda, y la que mira a la izquierda, última. Cada una de ellas aporta una de las cifras del código en este orden.

Libro de arquitectura

1. Para abrir el libro de arquitectura, debéis usar el dibujo del edificio con las torres. Como indica la pista del pájaro, debéis imaginaros la perspectiva del edificio desde arriba. De esta forma quedarían tres columnas a la izquierda y tres a la derecha. Cada una de ellas tiene un símbolo.
2. Los símbolos de las columnas también se encuentran dibujados en la parte superior de la carta sobre la familia. Debéis trazar líneas de columna a columna siguiendo el orden de los símbolos.
3. Cada una de las consecuciones de símbolos forma uno de los números del código.

Libro de libros

1. Para abrir el libro de libros, debéis relacionar las manchas de pintura que hay en el libro con el dibujo manchado de pintura. Cada mancha de pintura está encima de un dibujo que hace referencia a un libro en concreto. Para encontrarlos debéis fijaros en los dibujos y compararlos con los libros.
2. El libro de las manchas violetas es el de arquitectura; el de las manchas verdes, el álbum de familia, y el de las manchas amarillas, el de ajedrez. Debéis ordenarlos según los colores que aparecen en el libro de libros.
3. Para encontrar el código, debéis usar las piezas de puzle que hay entre los objetos y colocarlas encima de cada uno de los libros siguiendo las formas. Las piezas están compuestas por lomos de libros, y los rojos forman los números del código.

Libro de música

1. Para abrir el libro de música, debéis relacionar los tres primeros pentagramas de la partitura con el papel que contiene puntos y porcentajes que se encuentra al lado del dibujo manchado de pintura.
2. Los puntos hacen referencia a una nota de la partitura. Las flechas indican el punto exacto que debéis comparar con la partitura. Después, debéis escoger las letras que hay debajo de la nota escogida.
3. De las letras solo debéis escoger la cantidad de ellas que indica el porcentaje. Por ejemplo, si indica el 100%, deberéis escogerlas todas, y si indica el 33,33% y hay tres letras, solo una. De cada pentagrama podréis extraer un número.

Libro de sangre

1. Para abrir el libro de sangre, debéis formar las palabras *hijo*, *gallo* y *búho* con las letras de las pestañas de colores que hay en los libros. Cada color de las pestañas está relacionado con una de las palabras.
2. Cada pestaña coincide con una de las tiras de números de color marrón. Entre los números se esconde una letra.
3. Cuando consigáis formar una palabra, debéis escoger la letra de cada una de las tiras de números con las que coinciden las pestañas. De esta forma conseguiréis formar el nombre de los números.

Conjuro

1. Para romper la maldición, debéis descifrar el mensaje encriptado formado por símbolos. Estos se encuentran entre los objetos y cada uno de ellos está relacionado con una letra. Encontradlos.
2. El mensaje dice: «La clave está en los no dichos». Entre los objetos hay unas frases acompañadas por un sol, que hacen referencia a los planetas que encontraréis dibujados. Debéis descartar aquellos planetas a los que se alude en alguna de las frases.
3. Estos son los planetas que debéis descartar:

    - Mercurio porque, aunque debería, no es el planeta más caliente.
    - Saturno porque es el planeta que está casado (por sus anillos).
    - Urano porque es el planeta que sigue al casado.
    - Venus porque es el planeta más caliente y más rápido.
    - La Tierra porque es el planeta donde vivimos.
    - Júpiter porque es el planeta más grande.

4. Debéis obtener el código contando los puntos que están alrededor de los planetas que quedan y siguiendo el orden que indica la flecha.

SOLUCIONES

Libro de ajedrez: el código es 104.
Álbum de familia: el código es 623.
Libro de arquitectura: el código es 562.
Libro de libros: el código es 374.
Libro de música: el código es 362.
Libro de sangre: el código es 378.
Conjuro: el código es 182.

LA CASA
ENCANTADA

CONTEXTO
Es Halloween y os habéis colado en una vieja casa abandonada del vecindario. Cuando vais a salir, la puerta está cerrada y no veis cómo escapar. Todo se pone muy feo cuando oís una risa fantasmal que retumba entre las paredes.

MATERIALES
Solo podéis moveros por el pasillo, donde hay seis puertas cerradas a cal y canto. Al lado de estas cuelgan cuadros. Una voz tenebrosa os dice que en algún lugar hay una salida y que debéis encontrarla antes de que amanezca, o vuestras almas se quedarán encerradas en la casa para siempre.

OBJETIVO
Debéis abrir las seis puertas cerradas y encontrar la salida de la casa encantada antes del amanecer.

LA CASA ENCANTADA
Dificultad: alta

ESTRELLAS
OTSOGA
LE·DIABLE

TAROT
VIII
LA·LUNE

SOMBRAS
OZRAM
VI
LE MAT
1 2 3
4 5 6
7 8 9
Э

NÚMEROS
LE·PENDU

VIAJE
IX
LE MONDE

LA HORA EXACTA ABRE LA PRIMERA PUERTA
RELOJ
ORENE
VII
LE SOLEIL

ZONA SECRETA DE LA CASA ENCANTADA

Aquí encontraréis pistas
y soluciones de los enigmas del juego.

PISTAS

Puerta del reloj

1. Al lado de algunas puertas hay relojes. Debéis encontrar tres. Cada reloj está relacionado con un mes del calendario y marca una hora en punto.
2. Para saber a qué mes hacen referencia los relojes, debéis leer al revés. Está escrito «agosto», «marzo» y «enero». Al lado de la puerta del reloj hay un calendario que indica el orden.
3. Para encontrar el código, debéis poner las agujas del reloj al revés de como están, igual que las letras de los meses. De esta forma, por ejemplo, las tres pasan a ser las nueve.

Puerta del tarot

1. Para abrir la puerta del tarot, debéis leer la nota que contiene la palabra tarot, en la que hay un mensaje encriptado que desvela cómo abrir la puerta.
2. Para leer el mensaje, debéis hacerlo en sentido contrario, es decir, empezando por el final y sustituyendo los números por letras.
3. Los tres últimos (sol, mundo y diablo) hacen referencia a tres cuadros que encontraréis al lado de las puertas. Estos contienen el código en números romanos.

Puerta de las sombras

1. Para abrir la puerta de las sombras, debéis usar la nota que tiene seis recuadros con unos símbolos. Estos símbolos también se encuentran en seis puertas. Buscadlas y colocadlas como se indica para encontrar el código.

2. Si colocáis las puertas como indica la cuadrícula, los marcos de las puertas esconden el código.
3. Las seis puertas deben estar juntas para poder ver todos los números que forman el código. Estos se esconden en los marcos oscuros de las puertas.

Puerta de los números

1. Para abrir la puerta de los números, debéis usar la nota en la que está escrito «números». Debéis unir las líneas del recuadro con dos notas más para encontrar el código. Las líneas unen recuadros que hacen referencia a las puertas.
2. En cada uno de los recuadros debéis escribir los símbolos que hay en las puertas. Estos símbolos son números. Si los observáis al revés, los números cambian. Si los sumáis, veréis que dan como resultado el número de la puerta con la que están relacionados.
3. Para encontrar el número final, debéis seguir la secuencia de sumas de las puertas. Al lado de la puerta de los números de la nota hay dos símbolos. Estos se repiten en dos cuadros al lado de dos puertas. Estos también esconden una secuencia.
4. En el caso de las figuras geométricas, debéis contar los lados que tiene cada una de ellas (seis, cinco y cuatro). Los símbolos, por su parte, representan números dobles (ocho, seis y cuatro). Por lo tanto, debéis sustituir los símbolos superiores por el número que seguiría la secuencia.

Puerta del viaje

1. Para abrir la puerta del viaje, debéis usar el mapa. En él encontraréis un cordón rojo que indica una secuencia de viaje. Seguidlo y buscad objetos relacionados con los países por donde pasa.
2. Entre los objetos hay fotos de diferentes países. En ellas se esconden elementos clave para encontrar el código.
3. En las fotos hay números y símbolos matemáticos. Según el orden de la ruta marcada en el mapa, podéis resolver una fórmula: Estados Unidos (66), Barcelona (–), París (8), Berlín (×) y Londres (6).

Puerta de las estrellas

1. Para abrir la puerta de las estrellas, debéis encontrar las tres constelaciones que hay en el tablero. Encontradlas y usad la regla que hay entre los objetos.
2. Entre los objetos hay tachuelas que representan las constelaciones que estáis buscando. Debéis encontrar aquellas que son iguales que Libra, Cygnus y Canis Major.
3. Una vez que hayáis encontrado las constelaciones, debéis medir con la regla la distancia que hay entre las tachuelas de las estrellas que están marcadas en rojo en los dibujos. Así obtendréis el código. El orden se indica en el dibujo de las constelaciones.

Puerta final

1. Para abrir la puerta final, debéis encontrar todos los símbolos que se indican en la cuadrícula y sustituirlos por un número o una letra. Los símbolos se encuentran escondidos entre todos los objetos.
2. Estos son el lugar donde se encuentran los símbolos y el número que representan, empezando por la izquierda de la cuadrícula:

- Se encuentra en el reloj de agosto y es un 8, ya que es la hora que marca invertida.
- Se encuentra en la regla y es un 4, ya que está encima de este número.
- Se encuentra en el mapa y equivale a un 1, ya que en el orden de las estrellas esta es la primera.
- Se encuentra en la cuadrícula que indica las posiciones de las puertas para abrir la puerta de las sombras. Estas dos puertas juntas forman un 5.
- Se encuentra en la puerta de los números. Cuando la habéis abierto lo habéis hecho con un 9.
- Se encuentra en una de las letras de las constelaciones. Ya tiene el 7 establecido.
- Se encuentra en la figura de *le mat* y es un 6 según el número romano que hay en el cuadro.
- Se encuentra al lado de la puerta del tarot y es un 2 siguiendo la secuencia usada anteriormente.

- No se encuentra en ninguna parte, pero ya tiene un número predeterminado.
- Se encuentra al lado de la puerta del viaje. Es un 3 según la secuencia utilizada anteriormente.

3. Debéis relacionar todos los símbolos con una letra; la relación está indicada en la nota que hay encima de la cuadrícula usada hasta el momento. El número 5 equivale a M porque las puertas que han formado el número contienen esta letra.
4. En la cuadrícula en blanco que encontraréis encima del mapa debéis escribir las letras en las posiciones donde están los símbolos y colocar el recuadro de color negro encima.
5. Si hacéis girar el recuadro negro cuatro veces noventa grados, descubriréis el código final. Los agujeros del recuadro dejan ver unas letras. Las de cada agujero forman el nombre de cada una de las cifras del código.

SOLUCIONES

Puerta del reloj: el código es 298.
Puerta del tarot: el código es 795.
Puerta de las sombras: el código es 252.
Puerta de los números: el código es 293.
Puerta del viaje: el código es 348.
Puerta de las estrellas: el código es 699.
Puerta final: el código es 386.

ZONA ENCRIPTADA

Podéis comprobar si vuestras
respuestas son correctas buscando
el número correspondiente en la esquina inferior
de cada página. Si el número
no está, deberéis volver atrás
e intentar resolver el enigma de nuevo.

Atención:
los números no son consecutivos.

HABÉIS ABIERTO EL LIBRO DE AJEDREZ.

Encontraréis qué esconde en: página **1034**

104

¡HABÉIS PRONUNCIADO EL CONJURO!

Descubrid si habéis roto la maldición en: página **1841**

HABÉIS ABIERTO LA MALETA DE BERLÍN.

Encontraréis qué esconde en: página **1345**

HABÉIS ABIERTO LA MALETA DE VIENA.

Encontraréis qué esconde en: página **1745**

238

HABÉIS ABIERTO LA PUERTA DE LAS SOMBRAS.

Encontraréis qué esconde en: página **1905**

252

HABÉIS ABIERTO LA CAJA DE LOS DOCUMENTOS SECRETOS.

Encontraréis qué esconde en: página **1297**

269

HABÉIS ABIERTO LA PUERTA DE LOS NÚMEROS.

Encontraréis qué esconde en: página **1832**

HABÉIS ABIERTO LA PUERTA DEL RELOJ.

Encontraréis qué esconde en: página **1096**

HABÉIS ABIERTO LA PUERTA DEL VIAJE.

Encontraréis qué esconde en: página **1995**

348

HABÉIS ABIERTO EL LIBRO DE MÚSICA.

Encontraréis qué esconde en: página **1249**

HABÉIS ABIERTO EL LIBRO DE LIBROS.

Encontraréis qué esconde en: página **1327**

374

HABÉIS ABIERTO EL LIBRO DE SANGRE.

Encontraréis qué esconde en: página **1674**

378

¡HABÉIS ABIERTO LA PUERTA FINAL!

Descubrid si habéis escapado en: página **1122**

386

HABÉIS ABIERTO LA MALETA DE ATENAS.

Encontraréis qué esconde en: página **1846**

392

¡OS HABÉIS TOMADO EL ANTÍDOTO!

Descubrid si vais a sobrevivir en: página **1379**

¡HABÉIS CORTADO UN CABLE DE LA BOMBA!

Descubrid si es el correcto en: página **1299**

HABÉIS ABIERTO LA CAJA DE LOS REACTIVOS.

Encontraréis qué esconde en: página **1418**

503

HABÉIS ABIERTO LA MALETA DE LONDRES.

Encontraréis qué esconde en: página **1731**

HABÉIS ABIERTO EL LIBRO DE ARQUITECTURA.

Encontraréis qué esconde en: página **1266**

562

HABÉIS ABIERTO LA CAJA DE LOS VIRUS.

Encontraréis qué esconde en: página **1547**

HABÉIS ABIERTO EL ÁLBUM DE FAMILIA.

Encontraréis qué esconde en: página **1352**

HABÉIS ABIERTO LA CAJA METÁLICA.

Encontraréis qué esconde en: página **1538**

637

HABÉIS ABIERTO LA MALETA DE ROMA.

Encontraréis qué esconde en: página **1650**

HABÉIS ABIERTO LA PUERTA DE LAS ESTRELLAS.

Encontraréis qué esconde en: página **1631**

HABÉIS ABIERTO LA PUERTA DEL TAROT.

Encontraréis qué esconde en: página **1482**

795

HABÉIS ABIERTO LA CAJA DEL CRISTAL.

Encontraréis qué esconde en: página **1119**

HABÉIS ABIERTO LA CAJA DE REGISTRO CD.

Encontraréis qué esconde en: página **1859**

HABÉIS ABIERTO LA MALETA DE PARÍS.

Encontraréis qué esconde en: página **1296**

HABÉIS ABIERTO LA CAJA ADNANDDNA.

Encontraréis qué esconde en: página **1904**

ZONA DE CONTENIDOS

Una vez que hayáis comprobado en la zona encriptada que el código del enigma es correcto, aquí encontraréis el material que necesitáis para seguir jugando.

Atención:
los números no son consecutivos.

ESTE ES EL CONTENIDO DEL LIBRO DE AJEDREZ.

Mirad detrás solo si lo habéis abierto.

1034

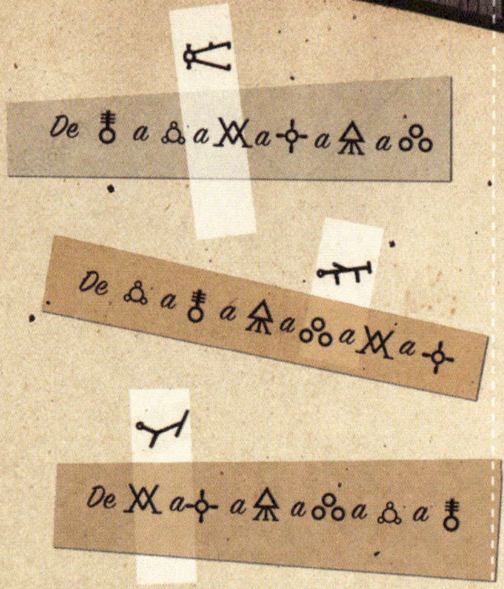

G

H

O

Una familia realmente curiosa

El hombre de la barba y la pajarita siempre miraba en la misma dirección que su mujer, y esta solía colocarse en medio de todo. Otro hombre, este con bigote, también miraba siempre en la misma dirección que su mujer, pero ella acostumbraba a llegar tarde y siempre se ponía al final. Había más miembros en esta familia, pero estos en concreto llamaban particularmente la atención.

ESTO ES LO QUE HAY DETRÁS DE LA PUERTA DEL RELOJ.

Mirad detrás solo si la habéis abierto.

1096

D14810 .MUNDO .201 .1UN4 .
CO164DO .1OCO :
C14V3 14 D4R4N 02 ORD3N 3N
U171MO2 7R32 102
TAROT
según como se mire
TAROT
RELOJ
ESTRELLAS

ESTE ES EL CONTENIDO DE LA CAJA DEL CRISTAL.

Mirad detrás solo si la habéis abierto.

1119

100
75
50
500
400
300
200
approx vol.
ADN
VE
Martín tiene
Y peras.
Eso es, conseguid los reactivos para seguir.
REACTIVOS
Pedro tiene
U manzanas.

Mirad detrás…

¡FELICIDADES!
¡HABÉIS ESCAPADO!

ESTE ES EL CONTENIDO DEL LIBRO DE MÚSICA.

Mirad detrás solo si lo habéis abierto.

1249

Necesitaréis una gota de sangre de un hijo, de un gallo y de un búho mezcladas en el orden correcto.
Está casado
65748943R74523456797
234598762345E3456789
387623S4569848766532
6789534678594876C234
5467I234594876652388
982342567872345677T6
654789347728H3456789
34056378849736574893
B

ESTE ES EL CONTENIDO DEL LIBRO DE ARQUITECTURA.

Mirad detrás solo si lo habéis abierto.

1266

AVE MARÍA
50%
100%
0%
50%
100%
33,33%
0%
33,3%
0%
50%
33,33%
O
O
A
H

ESTE ES EL CONTENIDO DE LA MALETA DE PARÍS.

Mirad detrás solo si la habéis abierto.

1296

CLAVE BERLÍN
LUNES
MARTES
MIÉRCOLES
LUNES
MONDAI LUNDI
MONTAG SEGUNDA
DILLUNS
MARTES
TUESDAY MARDI
DIENSTAG TERÇA
DIMARTS
MIÉRCOLES
WEDNESDAY MERCREDI
MITTWOCH QUARTA
DIMECRES
HORARIOS
09
10
11
12
13
14
15
16
17
18
clase de dibujo
clase de dibujo
clase de música
clase de música
clase de dibujo
clase de dibujo
clase de canto
clase de música
O

ESTE ES EL CONTENIDO
DE LA CAJA DE LOS DOCUMENTOS SECRETOS.

Mirad detrás solo si la habéis abierto.

1297

100
75
50
500
400
300
200
DNA
CLA
CLAVE CRISTAL
9 PILLS
3 PILLS
7 PILLS

Mirad detrás…

1299

¡FELICIDADES!
¡HABÉIS DESACTIVADO LA BOMBA!

ESTE ES EL CONTENIDO DEL LIBRO DE LIBROS.

Mirad detrás solo si lo habéis abierto.

1327

Aunque debería, no es el más caliente
AVE MARÍA
Solo
Dios te salve, María, llena eres de gracia.
El Señor es contigo, bendita Tú eres entre todas las mujeres,
y bendito es el fruto de tu vientre, Jesús.
Santa María, Madre de Dios, ruega por nosotros, pecadores.
Cor
Santa María Madre de Dios, ruega por nosotros, pecadores.
Ahora y en la hora de nuestra muerte.
Ahora y en la hora de nuestra muerte.

ESTE ES EL CONTENIDO DE LA MALETA DE BERLÍN.

Mirad detrás solo si la habéis abierto.

1345

CLAVE ROMA
Si el código de encriptado tiene algún número repetido, no utilices la clave de desactivación 675.
E

ESTE ES EL CONTENIDO DEL ÁLBUM DE FAMILIA.

Mirad detrás solo si lo habéis abierto.

1352

S
I
L
U
Sigue al casado

Mirad detrás…

1379

¡FELICIDADES!
¡VAIS A SOBREVIVIR!

ESTE ES EL CONTENIDO
DE LA CAJA DE LOS REACTIVOS.

Mirad detrás solo si la habéis abierto.

1418

A la izquierda de un 3 hay 2
cartas. 1 corazón está a la
izquierda de otro corazón. Un 2
está a la derecha de un as.
Q
2 PILLS
4 PILLS
8 PILLS
CD
Tenéis todo lo necesario
grabado en los
CD.
0 1 2 3 4 5 6 7 8 9 10 11 12 13 14 15

ESTO ES LO QUE HAY DETRÁS DE LA PUERTA DEL TAROT.

Mirad detrás solo si la habéis abierto.

1482

NÚMEROS
SOMBRAS

ESTE ES EL CONTENIDO DE LA CAJA METÁLICA.

Mirad detrás solo si la habéis abierto.

1538

BORO 3.3
ml
500
400
300
200
approx.vol.
ml
1

ESTE ES EL CONTENIDO DE LA CAJA DE LOS VIRUS.

Mirad detrás solo si la habéis abierto.

1547

ANTÍDOTO
(Z-U-Y)
ANTÍDOTO
(R-Q-W)
COMBINAD LOS TRES ANTÍDOTOS EN EL ORDEN CORRECTO PARA OBTENER RESULTADOS O MORIRÉIS.
THE CODE
X
X
X
THE ORDER
2
3
1
En la caja pequeña encontraréis lo que necesitáis.
2

ESTO ES LO QUE HAY DETRÁS DE LA PUERTA DE LAS ESTRELLAS.

Mirad detrás solo si la habéis abierto.

1631

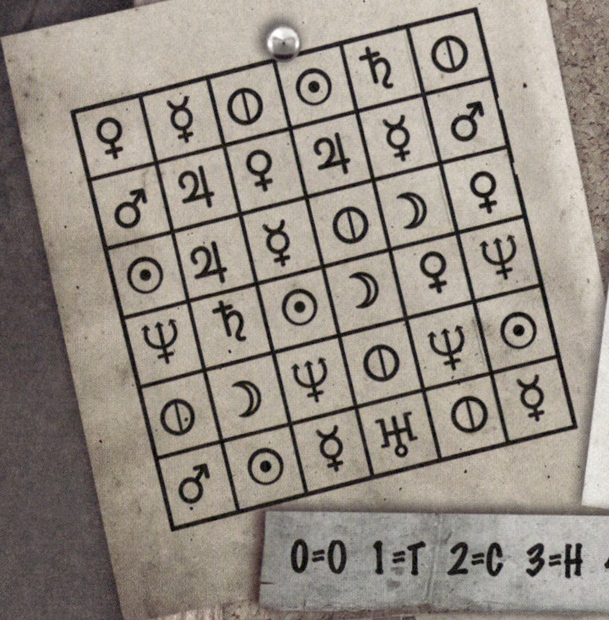

0=0 1=T 2=C 3=H 4=S 5=? 6=D 7=I 8=R 9=E

☉	⊖	☽	♄	☿	♂	♅	♀	♃	♆
					7			0	
	S								

ESTE ES EL CONTENIDO DE LA MALETA DE ROMA.

Mirad detrás solo si la habéis abierto.

1650

¿CUÁL ES EL NÚMERO DE UNA CIFRA QUE VALE CERO SI LE QUITAS LA MITAD?

SEGUNDO DÍGITO DEL AÑO DEL SIGLO XX QUE VALE LO MISMO SI LO PONES AL REVÉS.

¿CUÁNTOS METROS CÚBICOS DE TIERRA HAY EN UN HOYO DE 1 POR 1 POR 1?

NÚMERO CON EL MISMO VALOR QUE LETRAS TIENE SU NOMBRE.

¿CUÁL ES EL NÚMERO DE UNA CIFRA QUE VALE MENOS SI LO PONES AL REVÉS?

EL NÚMERO DE VECES QUE SE PUEDE RESTAR UNO DE CIENTO TREINTA Y CINCO.

¿CUÁNTOS ÁRBOLES, EQUIDISTANTES TODOS ELLOS, SE PUEDEN PLANTAR EN UN PLANO?

CLAVE VIENA

ESTE ES EL CONTENIDO DEL LIBRO DE SANGRE.

Mirad detrás solo si lo habéis abierto.

1674

PARA ROMPER LA MALDICIÓN
MERCURIO
VENUS
TIERRA
MARTE
JÚPITER
SATURNO
URANO
NEPTUNO
PLUTÓN

ESTE ES EL CONTENIDO DE LA MALETA DE LONDRES.

Mirad detrás solo si la habéis abierto.

1731

CLAVE ATENAS
Juan, Rosa
y Miguel
11

ESTE ES EL CONTENIDO DE LA MALETA DE VIENA.

Mirad detrás solo si la habéis abierto.

Código de encriptado
(E*A*C+H)
CLAVES DE DESACTIVACIÓN DE LA BOMBA
Solo la clave correcta la desactivará.
Clave 193 corta el ROJO (380)
Clave 356 corta el NEGRO (921)
Clave 439 corta el VERDE (048)
Clave 523 corta el BLANCO (551)
Clave 675 corta el AMARILLO (498)
Clave 756 corta el AZUL (602)
Clave 892 corta el NARANJA (854)
REF:324

ESTO ES LO QUE HAY DETRÁS
DE LA PUERTA DE LOS NÚMEROS.

Mirad detrás solo si la habéis abierto.

1832

VIAJE
E
C
R
START

Mirad detrás…

1841

¡FELICIDADES!
¡HABÉIS ROTO LA MALDICIÓN!

ESTE ES EL CONTENIDO DE LA MALETA DE ATENAS.

Mirad detrás solo si la habéis abierto.

1846

LUNES
MARTES
MIÉRCOLES
LUNES
MONDAI LUNDI
MONTAG SEGUNDA
DILLUNS
MARTES
TUESDAY MARDI
DIENSTAG TERÇA
DIMARTS
MIÉRCOLES
WEDNESDAY MERCREDI
MITTWOCH QUARTA
DIMECRES
HORARIOS
09
10
11
12
13
14
15
16
17
18
X clase de canto
X clase de dibujo
X clase de música
X clase de dibujo
X clase de música
X clase de dibujo
X clase de música
X clase de dibujo
LUNES
MARTES
MIÉRCOLES
LUNES
MONDAI LUNDI
MONTAG SEGUNDA
DILLUNS
MARTES
TUESDAY MARDI
DIENSTAG TERÇA
DIMARTS
MIÉRCOLES
WEDNESDAY MERCREDI
MITTWOCH QUARTA
DIMECRES
HORARIOS
X clase de música
X clase de canto
X clase de dibujo
X clase de música
X clase de música
X clase de dibujo
X clase de dibujo
22
CLAVE PARÍS
66,88,33

ESTE ES EL CONTENIDO DE LA CAJA DE REGISTRO CD.

Mirad detrás solo si la habéis abierto.

1859

31 21 11 01 Z
AND
Pedro le dice a Martín: «Si me das una manzana, tendré el doble que tú».
Martín le dice a Pedro: «Si me das una manzana, tendremos las mismas».
La caja con muestras de ADN es imprescindible.
ANTÍDOTO
(X–Q–W)
500
400
300
200
ml
approx.vol.
DENTRO SE OCULTA
EL VALOR DE W
1

ESTE ES EL CONTENIDO DE LA CAJA ADNANDDNA.

Mirad detrás solo si la habéis abierto.

1904

Seguid el camino. Cuidado con los virus; son peligrosos.
Cuando David tenía 4 años clavó un clavo en un árbol a 6 cm del suelo. El clavo, 2 años después, estará a X cm.
DOBLAR PARA CONSEGUIR LA CLAVE
Primero de 0 a 9 y de 15 a 10
Segundo de 0 a 4 y de 15 a 5
Tercero de 0 a 10 y de 15 a 11
1
2
3
1 2 3 5
3 1 4 5
4 1 5 6
R 1 8 9

ESTO ES LO QUE HAY DETRÁS DE LA PUERTA DE LAS SOMBRAS.

Mirad detrás solo si la habéis abierto.

1905

VIAJE
SOMBRAS
LAS ESTRELLAS SON LA MEDIDA

ESTO ES LO QUE HAY DETRÁS
DE LA PUERTA DEL VIAJE.

Mirad detrás solo si la habéis abierto.

1995

LIBRA
2
CYGNUS
1
3
CANIS MAJOR

Otros títulos de la colección